KB085204

빈처

아시아에서는 《바이링궐 에디션 한국 대표 소설》을 기획하여 한국의 우수한 문학을 주제별로 엄선해 국내외 독자들에게 소개합니다. 이 기획은 국내외 우수한 번역가들이 참여하여 원작의 품격을 최대한 살렸습니다. 문학을 통해 아시아의 정체성과 가치를 살피는 데 주력해 온 아시아는 한국인의 삶을 넓고 깊게 이해하는 데 이 기획이 기여하기를 기대합니다.

Asia Publishers presents some of the very best modern Korean literature to readers worldwide through its new Korean literature series 〈Bi-lingual Edition Modern Korean Literature〉. We are proud and happy to offer it in the most authoritative translation by renowned translators of Korean literature. We hope that this series helps to build solid bridges between citizens of the world and Koreans through a rich in-depth understanding of Korea.

바이링궐 에디션 한국 대표 소설 015

Bi-lingual Edition Modern Korean Literature 015

Poor Man's Wife

은희경
빈처

Eun Hee-Kyung

ASIA PUBLISHERS

Contents

빈처

Poor Man's Wife

나는 그녀가 일기를 쓴다는 걸 몰랐다.

뭘 쓴다는 것이 그녀에게는 도무지 어울리지 않는 일이었다. 자기반성이나 자의식 같은 것이 일기를 쓰게 하는 나이도 아니었다. 그렇다고 학생 때 무슨 글을 써 봤다는 소리도 듣지 못했다. 내게 쓴 연애편지 몇 장도 그저 그런 여자스러운 감상을 담고 있을 뿐 글재주 같은 건 없었다.

그날 나는 낮 시간에 집에 있었다. 간밤에 초상집에 갔다가 새벽에 들어와서 열두 시가 넘도록 늘어지게 잤던 것이다. 자고 일어나 보니 집에는 아무도 없었다. 그녀는 아이들을 데리고 시장에라도 간 모양이었다. 물을 마시려고 자리에서 몸을 일으키던 나는 화장대 위에 웬 노트가

I didn't know she was keeping a diary.

It wasn't like her to write anything. She wasn't at the age when self-reflection or self-consciousness would compel her to record her thoughts. As far as I knew, she hadn't written anything as a student. The few love letters she wrote to me were full of feminine sentimentality and showed no literary talent.

That day I stayed in. I had come home early in the morning after spending the night at a wake and slept past noon. When I awoke, nobody was home. She must have gone grocery shopping, taking the children with her. Sitting up to drink some water, I

놓여 있는 걸 보았다. 당연히 가계부인 줄 알았다. 그런데 일기장이었다.

6월 17일

나는 독신이다. 직장에 다니는데 아침 여섯 시부터 밤 열 시 정도까지 근무한다. 나머지 시간은 자유이다. 이 시간에 난 읽고 쓰고 음악 듣고 내 마음대로 할 수 있다. 외출은 안 되지만.

대체 이게 무슨 소리야. 내 마누라가 독신은 웬 말이며 집에서 애 둘을 키우는 여자가 직장이라니? 다른 사람 노트인가? 허나 다른 사람 일기장이 그녀의 화장대 위에 놓여 있을 리가 없다. 글씨를 봐도 그녀가 틀림없다. 이응을 크게 쓰는 것이며 비읍을 둥글게 말아 쓰는 것이.

직장 일 외의 시간에 난 애인을 만날 수도 있다. 스테디한 애인이 없기 때문에 또 열애에 빠지지 않았기 때문에 매일같이 애인을 만나지는 않는다. 일주일에 서너 번 정도이다. 일주일 내내 한 번도 못 만나는 적도 있다. 그런 때 나는 생각한다. 이십 대에도 애인 없던 시

noticed a notebook lying on top of her dresser. I thought it must be a housekeeping account book. But it was a diary.

> June 17
>
> I am single. I go to work. I work from six in the morning 'til ten at night. The rest of my time is free. I can do whatever I want during that time—read, write, listen to music, etc. I cannot go out, though.

What the heck was she talking about? My wife, single? A woman staying home and raising two kids, going to work? Was this somebody else's notebook? But it wouldn't make sense for anybody else's diary to be lying on top of my wife's dresser. It was her handwriting for sure. Very big Os and round Bs.

> I can meet my lover after work. Since I don't have a steady lover and I'm not wildly in love, I don't meet him every day. Only three or four times a week. Sometimes, I can't meet him even once a week. Then, I think, *there were times when I did not have a lover even during my twenties.* After that, I feel less lonely, sort of.

절이 있었는데 뭘. 그러면 쓸쓸함이 조금 줄어드는 것도 같다.

처음엔 웬 애인인가 싶어 의아했다. 그러나 여기까지 읽었을 때 나는 알아챘다. 그녀가 애인이라고 표현한 것이 바로 나라는 것을. 물론 그녀는 그것을 애틋한 의미로 쓴 것은 아니다. 내가 밖으로 도는 시간이 많기 때문에 잘 만날 수 없다는 뜻에서 그렇게 표현한 것이다. 그녀 말이 맞다. 남편이긴 하지만 그녀 자신이 거칠게 표현한 대로 '스테디한' 관계라고는 할 수 없을지 모른다.

나는 거의 매일 술을 마셨고 집에 안 들어오는 날도 종종 있다. 자정이나 새벽에 들어오는 게 습관이 되어서 이제는 그런 일과가 피곤한 것도 거의 모른다. 언젠가 그녀가 말했다. 나는 인생에서 두 가지 일밖에 하지 않는데, 하나는 술 마시는 일이고 하나는 술 깨는 일이라고.

하지만 그녀는 그럭저럭 참아 왔다. 내가 가정적이지 못한 것이 불만이긴 하겠지만 그것이 그녀의 인생에 결정적으로 심각한 그늘을 드리운다고는 생각해 본 적이 없다. 물론 신혼 때는 바가지를 좀 긁었다. 이혼을 합네 마네 투닥거리기도 했다. 그러나 요즘은 살림하고 아이들

At first, I was at a loss, but when I read that last sentence, I realized that her lover was none other than myself. Of course, she didn't use the word with tender affection. She meant that she didn't see me very often, since I usually stayed out late. She was right. Even though I was her husband, our relationship couldn't be described as "steady," as she clumsily put it.

I drank almost every night and often didn't come home at all. It became such a habit for me to come home around midnight or early in the morning that I didn't even find such a life style tiring. She once said that I did only two things in life—drink and sober up.

She managed to endure it, though. I knew she was disappointed that I wasn't a family man, but I never thought it was a serious problem for her. Of course, she nagged me a little during the early years of our marriage. We quarreled and talked about getting divorced. However, she's so busy these days, running the household and raising the kids, that she doesn't even have time to cling to me. Sometime last year, she declared that she had given up on me. It seemed that she learned to enjoy going to discount stores on the shuttle bus with other house-

키우기 바빠서 나한테 매달릴 여유가 없다. 작년인가부터는, 난 당신 포기했어, 라고 스스로 공언하기까지 했다. 이웃 아줌마들하고 물건 싸게 산다고 마을버스 타고 연금매장 같은 데에 다니는 일에 재미도 붙은 모양이던데…… 그런데 포기했다고 하는 게 이런 거였나? 자기를 과부나 독신으로 여기고 사는 거? 나는 입맛이 썼다.

나의 직장 일이란 아이 둘을 돌보고 한 집안의 살림을 꾸려 가는 일이다. 아빠 없는 어린애는 생겨날 수 없으므로 그 아이들은 물론 아빠가 있다. 하지만 사정이 있어 아빠와는 같이 살지 못하는 아이들이다. 나는 그 아이들을 사랑한다. 결혼도 안 했으면서 마치 내 아이 같은 느낌이다. 그 아이들을 사랑한 나머지 아빠와 함께하는 즐거움을 알게 해 주고 싶어서 고통스러울 때도 있다. 때로 아빠를 찾는 그 애들에게 '아빠는 너희와 함께 계시지 못하단다'는 말이 불행한 느낌을 줄까 봐 조바심 난다. 하지만 세상살이에 이런 어려움은 얼마든지 있으니(내게뿐 아니라 아이들에게도) 이런 직업적 고충을 오래 생각할 필요는 없다.

애인이 오지 않는 날 애타게 기다리기도 한다. 하지

wives in the neighborhood... Maybe this was what she meant by giving up on me? Thinking like a widow or a single woman? It didn't make me feel that great to realize this.

My work is taking care of two children and a household. Because there can't be children without a father, they do have a father. However, they live without their father due to circumstances. I love these children. Although I am not married, I feel as though they are my children. I love them so much that I sometimes feel anguished for not giving them the pleasure of living with their father. Sometimes, I am worried that I convey a sense of unhappiness when I tell them, "Your father cannot be with you." However, because life is full of difficulties like this (not only for me but also for the children), I shouldn't be dwelling on this kind of occupational hazard. Sometimes, when my lover doesn't come home, I anxiously wait for him. But what's the big deal, anyway, if he doesn't come home? If he were my husband, it would hurt me a lot. Since he's just a lover, however, all I feel is simply a little pang of loneliness. What's wonderful is that he's not the kind of lover

만 오지 않은들 그게 무슨 큰일이랴. 남편이라면 내게 오지 않는 것이 상처를 주겠지만 애인이니 조금의 쓸쓸함만을 남길 따름이다. 신통하게도 아주 변심하여 영원히 안 와 버릴 애인은 아니니 그나마 다행 아닌가.

제기랄, 글 솜씨는 투박했지만 나는 그녀가 하려는 말을 충분히 알 수 있었다. 그녀는 그러니까, 불행한 것이었다.

다음 페이지를 넘기려는데 밖에서 문 따는 소리가 들려왔다. 그녀가 아이들을 걸리고 업고 들어왔다. 손에는 검은 비닐이 여러 개 들려 있다.

"언제 일어났어요?"

그녀의 목소리는 정답다. 나에게 주려고 샀을 주스 병 주둥이가 검은 비닐봉투 밖으로 비죽이 나와 있다. 그것이 어쩐지 무거워 보인다. 나는 그녀의 손에서 엉거주춤 비닐봉투를 받아 든다. 익숙하지 않은 동작임을 스스로 깨달으며.

그녀에게 어젯밤 초상집에서 만난 친구들 얘기를 꺼냈다. 고등학교 동창의 아버지 상이었는데 친구들이 꽤 모였다. 그녀도 거의 아는 친구였다. 결혼하기 전 내 친구들은 생일이다 뭐다 하면서 애인을 데리고 배 밭에도 가고

who would change his mind and never show up again. I am quite lucky!

Darn! Her writing was clumsy but I could fully understand what she was trying to say. She was definitely unhappy.

When I was about to turn the page, I heard the door open. She came in with one child on her back and the other walking beside her. Many black plastic bags were dangling from her hands.

"When did you wake up?"

Her voice was affectionate. The neck of a juice bottle, which she must have bought for me, was sticking out of a bag. As I awkwardly took the bags from her hands, I realized this was an act to which we were not accustomed.

I began talking about the friends I'd met at the wake. It was a wake for a friend from high school and quite a few people had gathered. She knew most of them. Before we were married, my friends and I often took our girl friends to pear orchards and a tofu house on Mount Bukhan on the slightest pretext, such as somebody's birthday. Once, on Buddha's birthday, we went to Hwagye Temple with friends. On our way back, they joked about

북한산의 두붓집에도 곧잘 다니곤 했다. 언젠가 초파일에는 화계사에 놀러갔는데 돌아오는 길에 친구들이 "야, 니가 집이 제일 멀구나"라고 나를 놀리던 기억이 난다. 그때 나는 화계사 바로 앞 동네에 살았는데 그녀의 집이 잠실이었던 것이다. 그들이 놀리는 대로 과연 나는 잠실에 그녀를 데려다 주고 집까지 되돌아오는 데에 차 타는 시간만 세 시간 가까이 걸렸으니 친구들 말이 틀린 건 아니었다.

"다들 잘 있어요? 동구 씨는 결혼했대요? 민석 씨네는 이제 아기가 있겠네?"

내 친구들의 안부를 물으며 그녀는 목소리가 밝다. 자기의 처녀 적 생각이 나는 거겠지. 나는 결혼한 뒤로는 친구들 만나는 자리에 그녀를 데리고 가 본 적이 없다. 우리끼리 마시는 게 훨씬 편했다. 집에서 듣는 것만도 지겨운데 밖에서까지 그만 마시라는 잔소리 들어 가며 술맛을 축내고 싶지는 않으니까. 또 카페 같은 데에서 아가씨와 몇 마디 주고받는 게 아무 일도 아니련만 그녀가 보면 신경을 쓸 게 뻔하다. 내 속을 떠 보려고 귀찮은 시비를 걸어올지도 모른다. 달리 이유가 있는 것은 아니다. 자꾸 이렇게 변명 비슷한 말을 늘어놓다 보니 왠지 아내를 집 안

my being the one who lived furthest from his girl friend's house. They were right. At that time, I lived in a village next to Hwagye Temple, and she lived in the Chamsil area. It took me three hours to make the round trip between the temple and her house.

"Everybody all right? Did Dong-gu marry? Man-sŏk must have a baby now?"

While asking about my friends, her voice was bright. She must be remembering the days before we married. Since our marriage, I have never taken her to meet with my friends. It's much more comfortable for us to drink amongst ourselves. To hear her nagging me at home was enough. I didn't want to ruin the pleasure of drinking elsewhere. Also, although it doesn't mean a thing if I flirt with girls at a bar, she'd surely be bothered if she saw. She might ask annoying questions just to see how I responded. That was the only reason why I didn't ask her to go with me. As I was listing excuses like these in my mind, I felt I was the only one having fun, leaving my wife at home. Why were so many things bothering me today? Damn diary!

In fact, I didn't really enjoy the time I spent with my friends last night.

I'm not sure when it started, but I don't feel as

에 팽개쳐 두고 혼자 나가 재미 본 기분이다. 오늘따라 왜 이리 마음에 걸리는 게 많은지. 망할 놈의 일기장.

사실은 어젯밤에도 나는 기분이 안 좋았다.

언제부터인지 고등학교 동창을 만나도 불알친구라는 다정함이 없다. 학교 다니던 때 등굣길이며 선생님이며 철봉이며에 대해 다퉈 가며 기억을 더듬을 때까지는 좋다. 그런데 각자의 사는 이야기로 들어서면 좀 각박해진다. 은근한 과시와 견제, 무력감, 그런 것들이 나타난다. 어제만 해도 그렇다. 특히 두 친구가 거들먹거렸다. 하나는 아버지가 물려준 못나 빠진 야산이 돌산이라 떼부자가 되었다. 또 하나는 세무사 사무실에서 요령만 는 친구인데 이번에 여차저차해서 세 번째 아파트를 샀다고 한다.

나 같은 월급쟁이 친구들은 애써 웃으며 들으려 한다. 허나 얼굴 근육이 유연하지 않다. 사촌이 논을 사서가 아니라 거들먹거리는 폼이 아니꼬워서이다. 쟤들은 학교 다닐 때 공부도 못하고 늘 선생님한테 야단이나 맞던 애들이다. 대학 문턱도 밟아 보지 못한 녀석들이고. 바로 그 점 때문에 대학물이나 먹은 우리 앞에서 더욱 돈 자랑을 하는 것이다. 모르는 건 아니지만 그래도 위축감이 든다. 내가 한 달 내내 스트레스 받아 가며 버는 돈의 열 배를

close to my friends from high school as I used to. Everything's fine while we're scrambling to reminisce and chat about our walks to school, our teachers, the pull-up bars, etc. However, when we start talking about our present-day lives, things get tough. There's the not-so-subtle boasting, the put-downs, the feelings of helplessness, and so on. It was like that yesterday. Two friends in particular were really showing off. One had become extremely rich, because a scraggy hill he inherited from his father turned out to be full of valuable rocks. The other learned the ropes at an accountant's office. He was bragging about recently buying his third apartment by doing this trick and that.

Friends who are salaried workers like me tried very hard to smile at this news. However, our facial muscles weren't quite up to the task. Not because we were jealous of our friends' success, but because it was disgusting to see them bragging about it. They hadn't been good students in high school. Always scolded by their teachers, they never dared to set foot on a college campus. This is why they were bragging about their wealth in front of us, their friends who had graduated from college. It was understandable, but still it felt disheartening. In

쟤들은 부동산 같은 걸로 앉아서 번다.

다 못난 소리다. 사실 학교 다닐 때 공부를 잘하고 모범생이었다는 게 무슨 내세울 일이나 되는가. 제도 교육의 커리큘럼이 사람을 구별하는 절대적인 잣대가 되는 것은 아니다. 또 우열을 판단하는 선생들의 평가 기준이 꼭 공정했던 것만도 아닐 것이다. 그러니까 그때 영어나 수학 따위를 좀 잘했다고 해서 그러지 못했던 친구들의 물질적 성공을 부당하게 생각하는 것은 또 하나의 불공정함일 뿐이다.

누군가가 이민 얘기를 꺼냈다. 야, 미국은 좀 그렇고 캐나다가 좋다더라. 맨날 이렇게 살면 뭐하냐. 지겹다. 더 늙기 전에 이민을 가든지 그것도 안 되면 시골 가서 농사나 짓든지 무슨 수를 내야지 매일 아침 회사 들어가기가 죽기만큼 싫다.

그러는데 한 친구가 자기는 벌써 이민 신청을 하고 인터뷰까지 마쳤다고 한다. 우리 이야기는 그 친구를 둘러싸고 한참이나 이어졌다. 나는 그녀에게 그 이야기를 했다.

"여보, 태원이 있잖아."

"예, 생각나요. 당신 고등학교 친구 중에서 제일 먼저 결혼했잖아요."

a month, they make ten times more just sitting on real estate than I earn by working hard while enduring all kinds of stress.

This is all very stupid. Actually, having been an outstanding student isn't something to brag about. The school curriculum isn't an absolute standard for measuring a person's worth. Besides, our teachers didn't necessarily judge our academic achievements correctly. Therefore, it's also unfair for us, who got better grades, to consider unjustified the material success of those friends who weren't as academically successful.

Somebody mentioned emigration. "I heard that Canada is better than America. What's the use of living like this every day? I'm sick and tired of it. Either I should emigrate before I get even older or I should move to the country and start farming. I hate going to work every morning as much as I hate the thought of dying."

At that moment, another friend said that he applied to emigrate and already had an interview. We talked a lot about his decision. I told her about it.

"Honey, do you remember Tae-wŏn?"

"Yes, I remember him. He was the first of your

"걔 이민 간대."

"왜요? 좋은 직업 놔두고?"

"방송국 피디가 보통 정신없는 게 아니잖아. 사람답게 살고 싶대. 그리고 이번에 애가 학교 들어갔는데 촌지 안 줬다고 담임이 이유 없이 벌 세워 갖고 걔 딸이 학교 안 간다고 울고 난리래. 그걸 보니까 이 나라에 남은 마지막 미련까지 사라지더라고 그러드만."

그녀는 대꾸를 안 한다. 부러웠나? 하지만 아니었다. 그녀는 시금치를 다듬고 있었는데 말없이 손놀림이 거칠어졌다. 그러더니 이렇게 말했다.

"그 정도도 안 힘들고 어떻게 살아요? 싫다고 그렇게 쉽게 떠나 버리면 거기 가서는 뭐 주인 행세 하고 살 수 있대요? 힘들어도 내 땅에서 사는 게 낫지."

이건 또 무슨 소리인가. 이럴 때 마누라들은 무턱대고 "어머, 좋겠다" 하거나 아니면 "외국 가서 살면 외롭지 않을까, 몇 년 갔다오는 것은 몰라도" 식의, 여우와 신포도 우화 같은 반응을 보일 줄 알았더니 그녀답지 않게 웬 신랄함일까? 그녀가 언제부터 이렇게 자기 생각을 갖고 산다는 걸까. 좀 뜻밖이었다. 그녀는 아이를 키우고 집안일을 하는 데 소질이 있는 편이었다. 나는 그녀에 대해 그

friends from high school to marry."

"He's emigrating."

"Why? Doesn't he have a good job?"

"You know what a hectic life he leads as the producer for a radio station. He said he just wanted to live like a human being. Also, his daughter who started school this year was wrongfully punished just because my friend didn't bribe her teacher. He said that his daughter cries and refuses to go to school. He said that was the last straw for him in this country.

She didn't respond. Was she envious? That wasn't it. Her hands, trimming spinach, moved more and more violently. Then she said,

"How can anyone expect to live without a little hardship? If he leaves this country so lightly, do you think he can live somewhere else as his own master? No matter how difficult it is to live in your own country, it's harder elsewhere!"

What was she talking about? I thought she would simply say, "Wow, that must be great!" or respond, heeding Aesop's fable "The Fox and the Grapes," "Wouldn't it be lonely to move to a foreign country instead of just visiting for a few years?" What sharp criticism, so unlike her! Since when had she been

정도로 알고 있었다. 물론 연애 시절에는 잔디밭에 앉아 문학 토론도 하고 포장마차에서 소주잔을 기울이며 시국에 대한 막연한 의분을 토로하기도 했지만 그것은 어디까지나 아줌마가 되기 전 일이다. 결혼 이후에는 그녀가 책을 들치는 것조차 본 적이 없는데…… 하긴 그녀와 길게 얘기를 나눠 본 것도 오래되긴 했다.

"그럼 당신은 내가 가자고 우겨도 이민 안 갈 거야?"

그녀는 나를 힐끗 보았다. 손으로는 시금치에 이어 파를 다듬으면서.

"난 내가 태어난 곳에서 죽을 때까지 살 거예요. 연애나 하면서."

"뭐, 연애?"

그래서 나는 다음 날 다시 그녀의 일기장을 훔쳐보지 않을 수 없었다. 일기장을 앞뒤로 뒤지다가 드디어 '연애'라는 글자를 발견한 나는 정색을 하고 그 페이지를 읽기 시작했다.

9월 4일

나는 연애하고 싶다. 남자에게 심각한 얼굴로 헤어지자고 한 뒤 술을 마시고 싶다. 같이 자자고 요구하는 남

having her own opinions? It was all quite unexpected. She seemed to have a talent for raising children and running a household. That was really all I knew about her. Of course, while we were dating, we would sit on the grass discussing literature or share a vague sense of indignation at the current state of society, as we drank *soju* in a drinking stall. But that was before she became a married woman. I hadn't even seen her open a single book since we were married... Well, it had been a while since I had a lengthy conversation with her.

"Then, you wouldn't emigrate even if I insisted?"

She tossed me a quick glance. She was trimming scallions after finishing with the spinach.

"I will live in my home land until I die, dating a lover."

"What? A lover?"

Naturally I couldn't help secretly reading her diary again the next day. Flipping through it, I finally came across the word "lover" and began reading that page in earnest.

September 4

I want to go out with a lover. I want to tell a man, with a serious expression on my face, that I

자에게 눈물만으로 사랑을 확인해 달라며 폼 잡고 싶다. 누구든 애태우고 싶다. 누구도 내 환심을 사려 들지 않을뿐더러 나 때문에 마음 졸이지 않는다. 나는 하찮은 존재다. 나는 소박만 맞는다. 그이는 이제 내 얼굴을 똑바로 쳐다보는 일조차 별로 없다. 어떤 때는 이렇게 말해 주고 싶다. 이렇게 안 쳐다보고 살 걸 남자들은 왜 그렇게들 예쁜 여자와 결혼하려고 안달인지 몰라. 나는 이제 얼굴을 밀어 버리고 그냥 남들과 구별만 가게 '마누라'라고 써 붙이고 있을게, 라고.

어휘력이 떨어지는 탓이겠지만 소박이 뭔가, 소박이. 그녀는 여전히 내게 소중한 아내인데, 그 소박이란 말이 내 마음을 무겁게 한다. 난 그냥 좀 바쁠 뿐인데. 정보도 얻어야 하고 부탁도 해야 하고 친해 두어야 할 사람도 있고, 그래서 술도 좀 먹고 모임에도 자주 얼굴을 내밀고 또 가끔씩 매운탕집에서 화투도 치고 그러는 것뿐인데. 사실 영업부 일이라는 게 다 그런 거 아닌가.

연애를 하고 싶다는 그녀 말의 속뜻은 어쨌든 확실했다. 즉 나와 많은 시간을 함께하고 싶다는 뜻이다. 그리고 그것은 내 예상에서 그다지 빗나가지 않은 그녀의 속마음

want to break up with him and then go have a drink. I want to put on airs and tell a man who wants to sleep with me that my tears are evidence to my love. I want to make somebody anxious for me. Nobody tries to win my favor or becomes anxious because of me. I am nobody. I am always mistreated. He doesn't even look me in the eye nowadays. Sometimes I want to tell him, "If men like you won't even look at their wives, I wonder why they desperately want to marry a pretty woman. From now on, I will just stick the sign 'wife' on my face so you can recognize your wife."

I figured she didn't have a great vocabulary, but what did she mean by 'mistreated'? Since she was still my precious wife, that word 'mistreated' made my heart heavy. I was just busy. I had to gather information, ask favors, befriend people. That was the only reason why I went out to drink, showed up at meetings, and sometimes played *hwatu* cards at a spicy fish-stew restaurant. Aren't those the kinds of things you have to do if you work in sales?

Anyway, what she meant by saying she wanted to go out with a lover was clear now. She just wanted

이었다. 그녀가 다른 남자에게 관심을 가진다는 건 상상이 잘 가지 않았다. 언젠가 내 생일에 그녀는 이런 말까지 하지 않았던가. 오늘은 당신 생일이지만 내 생일도 돼. 왜냐하면 당신이 오늘 안 태어났으면 나는 태어날 이유가 없잖아.

설령 그녀가 진짜로 다른 남자와 새 연애를 하고 싶어 한다고 치자. 그렇다고 한들 어디를 보나 살림 사는 아줌마일 뿐인 그녀에게 무슨 기회가 오겠으며 그럴 능력이나 있겠는가…… 이것이 또 새 연애를 하고 싶다는 아내의 말에 내가 긴장하지 않는 이유였다.

8월 25일

허리가 아프다. 작년에 그이가 출장을 가게 돼 사흘에 걸쳐서 나 혼자 이삿짐을 푼 적이 있다. 그때 소파를 옮기다 허리가 삐끗했다. 침을 맞아서 다 나았나 했는데 피곤하다 싶으면 영락없이 도진다. 어제부터 그 허리가 다시 아프기 시작했다. 그런데도 아침에 그이가 출근하며, 무슨 일이 있어도 오늘은 일찍 들어와 쉬어야겠는데, 몸이 영 안 좋아, 라고 하기에 그이가 좋아하는 음식을 만드느라 좀 부산을 떨었다. 다섯 시에 시작

to spend more time with me. Her secret wish wasn't that different from what I expected. I found it hard to imagine that she was interested in other men. Once she even told me on my birthday, "Today is your birthday, but it is also my birthday. If you hadn't been born today, I wouldn't have had any reason to be born."

Let's say for argument's sake that she wanted to go out with a different, new guy. Even so, what opportunities would a housewife like her have? And would she be able to handle it? I had no reason to worry about her wanting to go out with a lover.

August 25

My back hurts. Last year, after we moved, I had to unpack by myself for three days, because he had to go on a business trip. At that time, I pulled a muscle in my back while moving a sofa. I thought I had completely recovered from the injury after a bout of acupuncture treatment, but I am always suffering from back pain whenever I get tired. I began feeling the pain again yesterday. Nevertheless, I made a fuss today, preparing his favorite dishes, because he said on his way out the door this morning, "I'll be coming back home

했는데 아홉 시에야 끝났다. 민영이가 너무 보채고 민후도 오늘따라 말썽만 피웠던 것이다.

칭얼대고 보챌 때마다 참기름이며 달걀이 묻은 손을 씻고 방에 데리고 들어갔지만 좀처럼 자려고 하지 않는 민영이. 그래서 부엌으로 데리고 나와 다시 칼질을 하다 보면 어느새 애가 도마 끝을 위태롭게 잡고 있다. 멀찌감치 데려다 놓아도 다시 기어오곤 하더니 급기야는 식탁 의자를 넘어뜨려 발가락 살이 벗겨졌다. 한참을 울고, 울다가 저녁 무렵 애써 먹인 달걀과 우유 한 통을 깡그리 토해 버렸다. 그것을 겨우 치우고 나서 손을 씻고 황급히 싱크대로 돌아와 끓고 있는 기름에 새우를 집어넣으려는데 이번에는 민후가 똥을 누겠다고 한다. 화장실에 앉혀 놓고 정신없이 부엌으로 뛰어간다. 가스불을 줄여 놓았는데도 벌써 프라이팬에서 연기가 올라오고 있다. 서둘러 프라이팬을 내려놓는데, 손에 물기가 남아 있었는지 프라이팬을 잡자마자 뜨거운 기름이 파팍, 하고 팔목으로 튀어 오른다. 금세 팔목이 부풀어 오른다. 바셀린을 바르고 오니 민영이가 식탁 위에 놓여 있던 밀가루 통을 하얗게 뒤집어쓰고 있다.

전화가 왔다. 늦는다는 걸 알리는 그이의 목소리. 그

early this evening no matter what. I don't feel very well." I started cooking at five in the afternoon, but it was nine in the evening by the time I finished. Min-yŏng was very fretful and Min-hu was also unusually troublesome.

Whenever Min-yŏng was whining and crying, I wiped the sesame seed oil and eggs off my hands and took her to her room, but she still wouldn't fall asleep. So I took her back to the kitchen and resumed cutting and mincing, but in no time she would make a perilous grab for the edge of the cutting board. Whenever I moved her far away, she would crawl right back to me, knocking over a dining chair and scraping her toes. She cried on and on, and eventually threw up the entire bottle of milk and egg I took pains to feed her around dinnertime. After I managed to clean it all up, wash my hands, and rush back to the sink, I was about to toss shrimp into the boiling oil, when this time it was Min-hu, who said he wanted to poop. After I sat him on the toilet, I ran back to the kitchen out of breath. Although I had turned the heat down, the oil in the frying pan was smoking. While hurriedly taking the frying pan off the stove, hot oil spattered onto my wrist just as I

목소리가 끊겨 버린 뒤에도 전화기를 한참 동안이나 들고 있었다. 나는 대체 몇 시간동안 무슨 짓을 한 걸까.

허리를 다쳤다는 말을 들었을 때 나는 이렇게 말했던 것 같다. 미련스럽게 그걸 혼자 했어? 라고만. 만약 그녀가, 그럼 어떡해요 당신도 없는데. 했다면 나는, 사람을 좀 쓰지, 했을 거고 그러면 그녀가, 이사 비용도 빠듯한데 어떻게 사람을 불러요, 라고 항의했을 거고 나는 그때부터 듣기가 싫어져, 알았어 알았으니 당신이 다 알아서 하라구, 라고 그쯤에서 말을 돌려 버렸겠지. 그러면 그녀는 한숨을 쉰 다음 입술을 한 번 깨물고 또 어떻게든 꾸려 나갔을 것이다. 그것이 남편과 아내의 판에 박은 대화법이니까.

내가 나쁜 놈일까. 별로 그런 것 같진 않다. 바람을 피운 것도 아니고 월급을 안 갖다 주는 것도 아니다. 세상에 자기 아내와 자식 귀하지 않은 놈 있겠는가. 밖에서 술을 먹고 돌아다니는 게 내 아내나 자식새끼가 싫어서 집에 안 들어가려고 버팅기는 게 아님은 모든 술꾼들이 다 안다. 그리고 그건 누구보다도 그녀가 잘 알고 있다. 그것을 그녀는 이렇게 적고 있다.

grabbed the handle, maybe because water was dripping from my hands. My wrist swelled up immediately. After I rubbed on a little Vaseline, I found Min-yŏng covered in flour from the container on the dining table.

The phone rang and there was his voice, announcing that he would be late. I stood there for a long time, the receiver in my hand. What the heck had I been doing for the last few hours?

When I heard that she had hurt her back, I probably just said, "You unpacked all those boxes by yourself? That was stupid." If she said, "What was I supposed to do? You weren't home," I must have responded, "You should have hired someone." Then she probably protested, "How could I have hired someone when we could barely pay our moving expenses?" Then, annoyed by her argument, I probably would have changed the subject, after saying, "All right, all right. You know better, so it's all your call." Then she would have sighed, bit her lip, and somehow kept on managing our household. Anyway, that was how a conversation was supposed to go between husband and wife.

Was I a jerk? I didn't really think so. I never had

하긴 살뜰하고 다감하여 지겨운 아내, 귀하고 기특해서 조바심 나는 자식들. 남들처럼은 행복해야 하기 때문에 번거로운 가정사, 그런 것들로 이루어진 집이라는 일상에 갇혀 살기에는 그는 너무나도 자유에 익숙해졌다. 그리고 그 자유가 이 척박한 세상에서 그라는 사람이 무너지지 않고 살아갈 수 있는 한 방법이라는 것을 나는 인정해야 한다.

그녀는 지금 깊이 잠들어 있다. 고단한 잠이라서 입에서 단내가 난다. 이마 위로 부스스한 머리카락이 몇 가닥 내려와 있다. 나는 머리카락을 쓸어 올려 준다. 그녀가 문득 눈을 뜬다. 내가 자기를 바라보고 있다는 사실이 믿기지 않는 듯 한동안 의아하게 쳐다보더니 다음 순간 '설마, 꿈이겠지' 하는 표정으로 다시 스르르 눈을 감는다.

8월 29일

난 그이가 매일 일찍 들어오는 것도 싫다. 일찍 오는 것이 가정에 충실한 거라는 편견도 갖고 있지 않다. 자기 시간을 갖지 않는 인간은 고여 있는 물처럼 썩는다고 생각한다. 그런데, 그런 나도 못 견딜 외로움이라니!

an affair, and I brought my entire salary home to her. What guy in the world wouldn't treasure his wife and children? Every drinker who exists knows that I wasn't drinking because I didn't like my wife and children and didn't want to go home. Besides, she knew this very well. She wrote the following in her diary:

> Well, a wife whose affection and attention can be tiresome, children who are so precious and dear that they make him worry, and household matters that are troublesome because he hopes to live as happily as others? He is too accustomed to freedom to be locked up in a daily life full of ordinary household tasks. I have to admit that his freedom is his strategy for coping with this barren world without falling to pieces.

She was fast asleep now. She was so tired that her mouth was open and her breath was sour. A few strands of her disheveled hair lay on her forehead. I combed them back with my fingers. Suddenly she opened her eyes. As if she couldn't believe that I was looking down at her, she stared up at me for a while in wonder. Then she gently closed her eyes

분명히 사랑해서 결혼했는데 사랑을 이루고 나니 이렇게 당연한 순서인 것처럼 외로움이 기다리고 있다. 이루지 못한 사랑에는 화려한 비탄이라도 있지만 이루어진 사랑은 이렇게 남루한 일상을 남길 뿐인가.

이루어진 사랑의 남루한 일상이다.

하기는 지금 잠들어 있는 얼굴을 보니 확실히 예전에 연애하던 때의 그녀는 아니다. 얼굴은 잡티와 마른 살갗으로 덮여 있고 입내도 난다. 손을 가져다가 쓸어 본다. 어젯밤 김치를 썰었었나? 손톱 밑에 고춧가루가 끼어 있다.

그녀를 얻기 위해 나는 서너 명의 연적을 물리쳐야 했다. 그녀가 나를 택한 것은 솔직히 나의 과감한 감투 덕이다. 나는 한 학기 내내 그녀만 쫓아다녔다. 그녀의 강의실 앞에서 강의가 끝나기를 기다려 점심 먹는 데까지 졸졸 따라갔다. 새벽같이 도서관 자리를 맡아 주는가 하면 그녀의 리포트를 위해 남의 학교 도서관까지 뒤졌다. 미장원에서 잡지를 보며 그녀의 파마가 끝나기를 기다리기도 했다. 그때 내게 한심하다는 충고하는 친구도 있었다. 그러면 나는 용감한 자만이 미인을 얻는다며 짐짓 비장해했다. 몇 달을 그렇게 하자 그녀는 감동했다. 그러고는 내가

with an expression that seemed to say, "No way, this must be a dream."

August 29

I don't want him to come home early every day. I don't believe a man has to come home early if he cares about his family. I think people who don't have their own individual lives end up stagnating like pools of standing water. And yet, how unbearably lonely I am, despite my belief!

I married him because I loved him, but once our love was consummated, it was followed by loneliness as if that was how it was supposed to be. There can be nobility in grieving an unrequited love, but what about an achieved love, one that has given us only this shabby daily life?

A shabby daily life, the result of an achieved love...

Well, as I was watching her sleep, she certainly wasn't the person I had known while we were dating. Her face was covered with blemishes and dry skin. Her breath reeked. I held and stroked her hand. Had she chopped kimchi last night? I noticed some red pepper powder under her nails.

평생 변함없을 줄 알고 나와 결혼했다.

갑자기 그녀가 뒤척인다. 내가 일기장을 읽느라 켜 놓은 식탁의 불빛이 눈을 찌르는지 한쪽 소매로 눈을 가리는데 그 소매 끝이 허옇게 닳아 있다. 얼굴을 가까이 대보니 어깻죽지에서 아들 녀석의 젖 토한 냄새가 비릿하게 스친다. 불현듯 그녀가 안쓰럽고 소중한 것이 가슴에 품고 싶어진다. 그녀의 잠옷 아랫도리를 벗겼다. 그녀가 눈을 뜬다. 그대로 나는 그녀의 속으로 들어갔다.

그날 나는 초저녁에 집에 들어갔다. 나를 보고 그녀가 반색하며 하는 첫마디가 "당신, 술도 안 먹었네?"였다. "그렇지 그럼" 나는 약간 무뚝뚝하게 대꾸하며 윗도리를 그녀에게 내 주었다. 마음은 전혀 그렇지 않은데도 그녀가 들떠하는 것이 이상하게 못마땅했다. 그녀는 오늘따라 반찬이 없다는 둥 설마 당신이 진짜로 일찍 들어올 줄 몰랐다는 둥 말을 많이 한다. 나도 웃기는 놈이다. 왜 이렇게 생색이 나고 당당해지는 걸까. 소작인에게 겉보리 한 말을 빌려 주며 연신 절을 받고 있는 지주처럼 숫제 거만한 마음까지 들고.

저녁을 먹고 나서 나는 텔레비전을 보고 그녀는 어쩐지 서두르며 설거지를 하고 있었다. 그때 전화벨이 울린다.

In order to win her affections, I had to vanquish several rival suitors. Frankly, she must have chosen me because of my bold and aggressive approach. I followed her around for an entire semester. After waiting for her in front of her classroom, I followed her to lunch. I went to the library early in the morning so I could save a seat for her. In order to help her with a paper, I even did research in the libraries of other colleges. I waited for her in a hair salon, reading a magazine while she was getting a perm. Some friends tried to talk some sense into me, saying that I was behaving foolishly. In response I made a solemn face and said that only the brave could win a beauty. After a few months of efforts like these, she finally gave in. She must have married me believing that I would never change.

Suddenly, she turned over. Maybe because the light on the dining table that I had turned on to read her diary was bothering her eyes, she covered them with her pajama sleeve; I noticed the hem was frayed. When I brought my face close to hers, her shoulder had a fishy smell. All of sudden I felt like embracing her, full of sympathy for her, and love. I took off her pajama pants. She opened her eyes. I entered her without hesitation.

"어, 네가 웬일이냐? 그래 오늘 좀 일찍 들어왔다. 야 임마, 그런 날도 있지 그럼. 가정적인 남편 아니냐, 내가."

건너편 아파트 단지에 사는 친구 녀석이다. 지방대에 전임으로 있기 때문에 가족들과 떨어져서 혼자 사는데 서울 올라오면 이렇게 가끔 내게 전화를 한다. 그녀는 불안한 얼굴로 내 쪽을 계속 흘깃거리면서 설거지를 한다. 무슨 말을 하는지 들으려고 물소리도 작게 해 놓았다. 그러다가 내가 전화에 대고 "그래, 얼굴이라도 봐야지?" 하자 결국은 낙망한 표정이 된다. 전화를 끊고 나서 나는 일부러 괜한 한숨을 한 번 쉬고는 어쩔 수 없는 일이라는 듯이, 나가 봐야겠는데, 라고 작게 말한다. 웃옷을 걸쳐 입고 신발을 신는 동안 그녀는 아무 말이 없다. 나는 일부러 그녀의 얼굴을 쳐다보지 않고, 금방 갔다 올게, 하고는 밖으로 나갔다. 나가니 바람이 시원했다.

나는 취해 들어와서 잤다. 생맥줏집에서 무슨 얘기를 그렇게 떠들어대고 그걸로 모자라 결국 친구의 집에 가서 양주병을 따고…… 나는 그에게, 그래도 너는 지방에 내려가 사니 이놈의 서울 생활보다 여유가 있지 않냐고 부러워했고 그는, 요즘은 지방 인심도 예전 같지 않다, 근처에 스키장이 개발되는 바람에 사람들을 다 버려 놨다. 그

That evening I came home early. Receiving me with great joy, she immediately said, "Wow, you didn't even drink!" "Yes, of course," I answered curtly and handed her my jacket. Regardless of how I felt about her, I was strangely dissatisfied with her excitement. She was very chatty, saying that she happened not to have prepared many dishes today and that she hadn't thought I would really be coming home early, etc. I was a funny chap. Why was I feeling as if I was doing her a favor, acting magnanimous? Like a landlord receiving repeated bows from a tenant to whom he had lent a meager one mal of unhulled barley, I even felt arrogant.

After dinner, while I was watching TV and she was somewhat hastily doing the dishes, the phone rang.

"Oh, what's up? Yes, I came home early today. Dude, of course I come home early sometimes. I'm a family man, you know!"

He was a friend who lived in the apartment complex across the street. Teaching at a college away from Seoul, he lived alone, apart from his family. When he visited Seoul, he sometimes called me up like this. Doing the dishes, my wife continued to anxiously glance at me. In order to hear what I was

런 데다 어쩌다 서울 올라오면 다른 놈들은 십 년 앞서가고 나만 촌놈 다 된 것 같아 마음이 초조해진다, 대충 그런 식의 얘기를 네댓 시간 떠들어대니 목이 타서라도 술을 안 마실 수가 없었다.

사흘인가 나흘 뒤 나는 새벽에 목이 말라 잠이 깼다. 냉장고에서 물을 꺼내 마시고 있는데 식탁 위에 놓여 있는 그녀의 일기장이 눈에 띄었다. 나는 또 식탁 불을 켜고 그것을 읽기 시작했다.

9월 16일

나는 왜 이렇게 쉬운 여자인가.

새벽에 파고드는 그이를 안는데 이상하게 눈물이 핑 돌면서 사는 게 다 안쓰럽기만 하였다. 아침에 그이는 다정하다. 일찍 들어올게, 하더니 정말로 일찍 들어왔다. 나는 그만 감격해서, 저는 당신이 얼마든지 주무르고 어를 수 있는 여자여요, 하듯이 다소곳해져 갖고 그이를 맞았다. 그런데 그이는 다시 나간다. 나는 왜 이렇게 쉬운 여자인가. 그이에게 나는 왜 이렇게 하찮은가.

열한 시가 넘도록 들어오지 않는데 오늘만은 참을 수 없는 기분이 들었다. 화가 난다기보다 모욕감 같은 것

saying, she turned the water down. At last, when I said, "OK, we should at least see each other," she looked dejected. After hanging up, I intentionally let out an unnecessary sigh and said in a low voice, as if I was helpless, "I guess I have to go out..." While I was putting on my jacket and shoes, she remained silent. Without seeing her face, I went out, saying, "I'll be back soon." Outside, the breeze felt refreshing.

I came back drunk and immediately fell asleep. I wonder what we chatted on and on about, first at the bar and then, as if that wasn't enough, at my friend's house, where we opened a new bottle of hard liquor. I expressed my envy of him, saying that he could enjoy a more relaxed life in the provinces than I did in Seoul. He said that these days people in the provinces weren't as nice as before, that they were all spoiled because of a newly developed ski resort nearby, and that whenever he came to Seoul, he was anxious, feeling like the only one who had become a country bumpkin, while everybody else was ten years ahead of him. As we talked about such things for four to five hours, we became so thirsty that we couldn't help drinking.

Three or four days later, I woke up early in the

이 들었다. 그렇다, 이것은 아내에 대한 사랑이 있고 없고를 떠나서 먼저 인간에 대한 예의가 아니다. 민후가 깊이 잠든 것을 확인하고 나서 민영이를 들쳐 업었다. 나의 분한 마음을 알 리 없는 민영이는 등에 업히자 발을 대롱거리며 좋아한다.

포장마차를 다 뒤졌다. 우리 아파트 단지를 다 훑고 건너편 아파트 단지까지 가 봤는데 그이는 없다. 내가 민영이를 업고 포장을 비죽 들추고 들어가니 주인인 듯한 아저씨가 나를 술집에 선뜻 들어설 수 없어 머뭇거리는 아줌마라고 생각했는지 "들어오세요"라고 부추겼고, 부인인 듯한 아줌마가 남편을 쿡 찌르며 "누구 찾아왔어"라고 했다. 손님들이 일제히 나를 쳐다봤다. 오줌누러 나왔던 한 중년 남자는 "아줌마, 뭘 기웃거려. 멱살을 잡고 끌어내라구" 하면서 슬쩍 다가왔다. 내 뺨으로 술 냄새가 확 끼쳤다.

등 뒤에서 민영이는 잠이 들었는지 자꾸만 묵직하게 내려앉는다. 몇 번이나 포대기를 풀어 아이를 단단히 업어야 했다. 가게에서 소주 한 병을 샀다. 나는 한 손으로는 자꾸 미끄러지는 아이를 받치고 한 손으로는 소주를 병째 마시면서 집으로 돌아왔다. 단숨에 건너편

morning, feeling thirsty. While I was drinking some cold water from the refrigerator, her diary caught my eye on the dining table. I turned on the light again and began to read.

September 16

Why am I such an easy woman?

When I was embracing him early in the morning as he came towards me, my eyes were filling up with tears and I simply felt sad about our life as human beings. He was affectionate in the morning. He said, "I'll come home early," and he really did come home early. I was so moved that I welcomed him submissively, as if I was saying, "You can play with me all you want." Then he went out again. Why am I such an easy woman? Why am I so trivial to him?

When he didn't come back by eleven, I felt as if I couldn't stand it any more. It wasn't because I was angry, but because I felt insulted. This was not even a matter of whether he loved his wife or not, but a matter of basic respect for another human being. After I confirmed that Min-hu was fast asleep, I piggybacked Min-yŏng. Not knowing how upset I was, Min-yŏng was dangling his feet,

아파트 단지까지 갔다 오고도 나는 피로한 줄을 몰랐다. 술 덕분이었을 것이다. 그러나 그따위 술기운이 내 꼴을 내가 보는 자괴감을 마비시켜 줄 리는 없었다.

사방이 어두웠다. 나는 어떤 집인지 모를 불 켜진 창을 올려다보며 까닭 없이 그 불빛에 대고 그리움을 느꼈다.

갑자기 명치께가 아팠다. 가슴을 무엇인가 둔중한 것으로 얻어맞은 듯이 한동안 숨쉬기가 거북했다. 이윽고 긴 한숨을 내쉼으로써 호흡은 조절했지만 이번에는 머릿속이 한없이 복잡해졌다.

언제부터 그녀가 술을 마셨나. 그녀는 술을 못 마신다. 술도 못 마시면서 연애 시절 소줏집으로만 끌고 다니는 내게 불만을 말한 적은 없다. 그런 그녀가 혼자 술을 마시고 있을 줄은 몰랐다. 나는 일기장을 거슬러 넘겨 가며 또 술 이야기가 없나 찾아보았다. 가슴이 아픈 것 같기도 하고 화가 난 것 같기도 하고, 그때부터는 내 마음을 종잡을 수가 없었다.

happy for being piggybacked.

I checked every single drinking stall around. After checking all the stalls near our apartment complex, I went to the area around the apartment complex across the street. I couldn't find him anywhere, though. When I reluctantly entered a stall with Min-yŏng on my back after lifting the curtain, a man who looked like the owner encouraged me to enter, probably thinking I was shy. Then, a woman who looked like his wife said, "She's here to look for someone," nudging him. The customers all stared at me. A middle-aged man who was going out to piss brushed past me and said, "Hey, lady, don't just peek around! Simply grab him by his throat and drag him out!" The smell of liquor on his breath assaulted my cheeks.

On my back, Min-yŏng kept sinking heavily, probably because she was fast asleep. I had to untie and retie her baby blanket many times so that she wouldn't slide down. I headed home, supporting her with one hand and drinking *soju* from a bottle with the other. I didn't feel tired, although I had rushed to and from the apartment complex across the street. It was probably

4월 7일

소주를 한 잔 따랐다. 첫 모금을 혀에 대니 좀 세다. 가슴이 지르르하다. 하지만 밥이나 빵이나 과일이 아닌, 술을 마신다는 것이 즐겁다. 이것도 손쉬운 방법이나마 일상의 탈피니까. 머릿속에서 그이의 생각도 차츰 아련해진다. 술이 나더러 여편네 아니라고 한다. 대신 혼자 술 마시는 외로운 여자 하라고 한다.

5월 27일

아이들은 낮잠을 자고 나는 목욕을 한다. 며칠 만인지 모른다. 피곤해서 내 몸을 돌볼 여유가 없다. 사실 내 옷은 빨기도 싫고 나 먹을 반찬은 만들기 싫다. 내 것은 뭐든지 대충이다. 꼭 해야만 하는 가족의 시중에 밀려 나 자신의 시중은 뒷전인 것이다.

샤워를 한 다음 세면대 앞에 한참 동안 서서 거울 속의 내 알몸을 본다. 거울에 바싹 붙어 서 있으려니 젖꼭지가 세면대에 닿는다. 차갑고 단단한 도기에 닿는 젖꼭지의 감촉이 싫지 않다. 이런 섬세한 느낌을 가질 수 있다는 게 여자 된 즐거움인 듯도 하다.

하지만 욕조를 닦기 시작하면서 그런 기분은 깡그리

because of the liquor. However, even liquor couldn't numb my sense of shame when I looked at myself.

Everything was dark. Looking up at a lighted window, I felt a longing for that light for no reason, even though I didn't know whose house it was.

I felt a sudden pain right below my sternum. I couldn't breathe as if I had been hit by a dull heavy object. After a while, I was able to breathe normally after letting out a long sigh, but I felt infinitely confused.

Since when had she been drinking? It wasn't like her. However, when I took her to *soju* bars when we were dating, she never complained. I never once imagined that she was drinking alone. Flipping back through her diary, I tried to find any other entries in which she mentioned drinking. I felt sad, or maybe angry. I couldn't even understand my own feelings

April 7

I poured a glass of *soju.* The first sip felt very strong on my tongue. A prickling sensation ran

사라진다. 수세미에 세제를 묻혀서 욕조 안의 기름때를 박박 문지르고 있는 나. 조금 전까지 이 몸이 어떻게 여자의 몸으로 의식되었던가? 지금 다시 거울에 비친 나는 머리가 헝클어진 채 고개를 욕조에 깊이 처박고는 엉덩이를 들썩대며 씩씩하게 욕조를 닦고 있다.

그때 벨이 울린다. 외판원인가 보다. 대충 누르다 갈 줄 알았는데 끈질기다. 이러다가 아이들이 깰 것만 같다. 서둘러 옷을 꿰고 문을 여니 역시 외판원.

"사모님, 방송 보셨습니까?"

나는 그의 얼굴이 잘 생겼다는 생각을 한다.

"아침 프로 안 보신 모양이죠? 우리나라 문화 수준이 낮다고 좀 높여 보자고요."

책인 모양이군, 팔려는 것이. 수준 어쩌구 하면서 나처럼 살림만 하고 살지만 무식해지기는 싫은 아줌마들을 주눅 들여 책을 팔려는 얄팍한 상술이다. 그런데도 나는 그와 얘기하는 게 괜찮아서 귀담아 듣는 척한다. 계속 얼굴을 보면서. 언젠가 텔레비전에서 까만 터틀넥 스웨터를 입고 빙긋 웃는 안성기를 보고서 갑자기 마음이 찌르르해지던 그때 기분 같기도 하다.

그가 돌아간 뒤 나는 다시 목욕탕으로 돌아와 욕조를

down to my stomach. It is pleasant, though, to drink liquor rather than eat rice, bread, or fruit. I can escape my daily life, albeit through a very simplistic method. The thought of him becomes vague in my mind. The liquor tells me that I'm not a wife, but a lonely woman, who is drinking alone.

May 27

Kids were taking a nap and I took a bath. I couldn't remember the last time I took a bath. I was always too tired to take care of my body. I don't like to wash my own clothes, and I don't like to cook for myself. I do everything related to myself carelessly. I am so occupied with taking care of my family that I have been neglecting to care for myself.

After a shower, I looked at my naked body for a long time, standing in front of a mirror. As I stood very close to the mirror, my nipples touched the washstand. It didn't feel unpleasant as my nipples touched the cool and hard porcelain. Perhaps the ability to feel this kind of subtle sensation is the pleasure of being a woman.

However, this pleasant feeling evaporated com-

닦는다. 욕조와 벽 사이의 실리콘에 곰팡이가 잘 닦이지 않는다. 가계부의 '살림 힌트'란에서 그것을 지우는 방법을 본 것 같아 가계부를 들춰 보는데 갈피에 끼워 두었던 고지서가 한꺼번에 떨어진다. 아이들이 깨면 데리고 은행에 갈 생각을 하며 나는 서둘러 쌀을 씻었다.

"여보, 새벽에 불 켜고 뭐 해요?"

열린 방문 안에서 그녀의 목소리가 들린다. 지금은 그녀의 목소리가 다정한 것도 귀에 거슬린다. 일기장을 제자리에 두고 방으로 돌아오니 그녀는 밥을 지으러 나가려는지 윗도리를 걸치는데 스웨터 가슴께에 눌린 밥풀 몇 개가 허옇게 말라붙어 있다. 칠칠찮기는.

나는 일기장 속의 그녀에게 화가 나 있었다. 하지만 그게 아닌지도 모른다. 꼭 그녀에게 화가 난 것은 아니었다. 어쩐지 산다는 게 다 울적했다.

다음 날 술자리에서는 이런 이야기가 화제에 올랐다.

"요새는 한강 내려다보이는 고급 아파트들 인기가 떨어진다고 하데?"

"글쎄 말야. 신문 보니까 아줌마들이 강을 내려다보고 있노라면 삶을 비관하고 자살 충동까지 생겨서 그렇다며?

pletely when I began cleaning the bathtub. The woman who was scrubbing grease stains off the bathtub with a detergent-smeared scrubber made from a sponge gourd—how could her body be the same as the woman's body just moments ago? Now it was me, the body reflected in the mirror, vigorously scrubbing the bathtub with disheveled hair, sinking my head deep into the tub and moving my butt up and down.

At that moment, the doorbell rang. I knew it must be a salesman. I waited for him to leave, but he was persistent. Worried that the bell would wake up the kids, I hurriedly put on my clothes and opened the door to find the salesman, just as I expected.

"Ma'am, did you see the TV show?"

I thought he was rather good looking.

"I guess you haven't watched the show this morning? They said that the level of culture was low in our country and that we had to raise it."

Sounded like he wanted to sell books. It's a transparent sales pitch to sell books to housewives who don't want to fall behind and become ignorant because their life revolves around running a household. I pretended to listen to him

그래서 집을 복덕방에 내놔 버린다고 말야."

"팔자 좋은 얘기지. 죽을 시간도 없는데 인생 비관할 시간이 어디 있어?"

"남편들은 이 눈치 저 눈치 봐 가며 뼈 빠지게 벌어다 주면 마누라들은 한가하게 인생 타령이나 하고, 수준들 높다니까. 우리 마누라가 뭐라는 줄 알아. 자기도 자유가 필요하다나? 집안일이 지겹고 힘들다는 거야 나도 알지. 하지만 처자식 먹여 살리겠다고 더러운 꼴 참아 가며 죽으나 사나 이놈의 회사에 모가지 붙들려 있는 것에 비하면 자기야 근무 여건이 좋은 편이지. 안 그래?"

"그래서, 그렇게 말했어?"

"맞아 죽게?"

화제는 자연스럽게 간 큰 남자 시리즈로 이어졌다. 누군가가 여자들은 먹는 일에 자기 돈의 절반을 쓰고 다시 빼는 일에 나머지 반을 쓴다는 재담으로 한바탕 웃음을 자아냈다. 지글지글 익어 가는 돼지갈비를 뒤집으며 소주 맛 좋다, 하면서 밤을 보내고 있었지만 나는 어쩐지 기분이 끝내 유쾌해지지가 않았다.

집에 들어가니 그녀도 그날따라 기분이 안 좋다. 문을 따 주고는 등 뒤에 가만히 서 있는 품이 발언권을 얻겠다

because I didn't want to argue with him. I kept staring at his face. I was somewhat sad, just like the time when all of a sudden I felt an ache in my heart watching Ahn Sung-ki smiling in a black turtleneck sweater on TV.

After the salesman left, I went back to the bathroom and resumed scrubbing the bathtub. It was hard to get rid of fungi on the caulking between the tub and the wall. I vaguely remembered seeing some advice about fungi removal in the "Housekeeping Hints" section of my housekeeping book, and as I was flipping through it, all the bills I had slipped between its pages fell out. Planning to go to the bank with my kids after they woke up, I rushed to wash some rice.

"Honey, what are you doing this early in the morning, with the light on?"

I heard her voice through the open door. At that moment, even the fact that her voice was affectionate annoyed me. When I walked into the room after putting her diary back where it had been, I saw her pulling on her sweater, seemingly about to go into the kitchen to cook some rice. On the front of her sweater I could see a few grains of dried white rice.

고 단단히 작정한 눈치다. 왜 그래? 내 목소리는 그지없이 당당한 나머지 짜증까지 섞여 있었다. 그렇게 매일같이 마셔야만 해요? 그래, 매일 마셔야 해. 술 안 마시고는 사회생활이 안 돼요? 그래, 술 안 마시고는 사회생활이 안 돼. 간암 환자 빼고 그런 놈 있으면 나와 보라고 그래. 내가 야유조로 대꾸하자 그녀는 입술을 지그시 깨문다. 잠깐 침묵이 흐른다. 나는 어쩐지 좀 미안해지려고 한다. 그런 내 마음을 붙들어 매 놓기 위해서라도 내 표정은 더욱 유들유들해질 수밖에 없다. 그녀는 한참을 그냥 그대로 서 있다. 나를 똑바로 쏘아보며. 그러다가 얼핏 고개를 옆으로 돌리는데 눈에 물기가 비친다. 내 귀에 그녀의 낮게 중얼거리는 소리가 들린다. 인생을 좀 진지하게 살 수 없어요? 그런 식으로 인생을 다 보내 버릴 거예요? 이게 무슨 소린가. 나는 갑자기 귀가 다 먹먹하다.

그 뒤로 며칠 동안 그녀는 말이 별로 없다. 밤늦게 들어오는 나를 맞아들이는 태도도 전처럼 다정하지 않고 아침 출근 때도 현관까지 따라 나오지 않는다. 좀 허전한 마음이 드는 것이 그제서야 그동안 그녀가 내게 꽤 살가웠구나 싶어진다. 평소에는 느끼지 못했던 기분이다. 하지만 그렇다고 내 일상이 불편해지거나 지장을 받는 것은 아니

How clumsy...

The woman in the diary upset me. But maybe that wasn't it. It wasn't necessaryily her who upset me. Somehow, life felt depressing.

The next day, people were talking while they drank.

"I heard that these days high rises with a view of the River Han are less popular?"

"That's right. According to the newspaper, housewives are suddenly gripped by a suicidal impulse when they look down at the river. So I heard that people who live there are rushing to sell their apartments."

"That's a lucky person's complaint. If you don't even have time to die, how could you possibly find time to be depressed about life?"

"While husbands slave away for money to buy food, wives have nothing to do but leisurely complain about life... They are really high class. Do you know what my wife said? She said she needed freedom, too, huh! Of course I know housework is boring and hard. But if you compare it with our situation, putting our necks in the yoke, enduring brutal treatment in order to feed and support our wives and children, it's a much better working condition,

다. 회사에서나 집에서나 내 일과는 다를 바가 없다. 집에서 밥도 잘 먹지 않고 얘기를 나눌 시간도 별로 없는 나로서는 설령 그녀에게 무언가 강한 의사 표현을 해야 할 때가 오더라도 단식이나 침묵시위 같은 것은 애초에 성립될 수조차 없는 일인 것이다.

내가 그녀에게 먼저 말을 붙인 것은 '사우(社友) 아내를 위한 교양 강좌'에 마누라들의 적극적인 참여를 끌어내라고 차장이 지시를 내렸기 때문이다. 강좌 제목을 보니 '남편 기 살리기'. 강사는 오랫동안 '사랑받는 아내 교실'을 운영해 온 여성 사회운동가와 '남편이여, 아내를 사랑하라'라는 캐치프레이즈를 내걸었던 여성지의 사장이었다. 나는 분명 사생활에 속하는 문제를 이래라저래라 하는 이런 종류의 강좌보다는 차라리 꽃꽂이나 서예 강좌가 낫다고 생각했다. 하지만 머리 회전이 빠르고 세상 돌아가는 것을 앞서 파악한다는 기획팀에서 대외 홍보와 사원 복지 차원에서 마련한 사업을 트집 잡을 배짱은 없었다. 사우 아내를 위한 교양 강좌는 전에도 몇 번인가 열린 적이 있다. 그때마다 나는 그냥 무심코 지나쳤다. 그러나 이번에는 지나가는 말로라도 그녀에게 강좌가 있다는 것을 말해 줄 마음이 들었다. 그것이 그녀에게 '바람이라도 쐬라'는

isn't it!"

"So, did you tell her that?"

"I would have been beaten to death!"

Our conversation transitioned smoothly to "plucky men" jokes. When somebody joked that women spent half of their money to eat and the other half to lose weight everybody burst into laughter. Even though I was having an evening out, turning sizzling pork ribs and enjoying soju, somehow I wasn't cheerful.

When I returned home, she didn't look cheerful, either. The way she stood silently behind me after opening the door for me suggested that she was determined to have a word with me. *What's the matter?* My voice was so commanding that it was mixed with irritation. *Do you have to drink every day like this? Yes, I have to. You cannot socialize without drinking? Yes, socializing is impossible without drinking. If there is somebody who can socialize without drinking and he's not a liver cancer patient, show him to me!* At my sarcastic remark, she calmly bit her lip. Silence filled the air for a while. Somehow, I began feeling sorry. In order not to give in to this feeling, I couldn't help becoming more and more obdurate. She stood still for a long

말로 들려주기를 기대한 건지도 모른다. 어쨌든 내게도 그녀가 도로 살가운 모습이 되어 주기를 바라는 마음이 없다고는 할 수 없으니까.

나는 그날 아침에야 출근하면서 넌지시 운을 떼었다.

"참, 오늘 회사 강당에서 사우 아내들한테 교양 강좌를 한다던데."

"……."

"당신, 가 볼 거야? 두 시라는데."

"……무슨 내용이래요?"

"'남편 기 살리기'라나 봐."

그녀가 얼굴을 천천히 들더니 나를 빤히 쳐다본다. 눈 속이 투명하여 아무 생각도 없는 듯이 보이는 표정이다. 그렇게 나를 뚫어져라 쳐다보니 죄 없이 내 얼굴만 붉어질 참이다. 역시 말 안 하는 게 나을 걸 그랬다고, 나는 속으로 떨떠름해한다. 그 순간 그녀가 입을 연다.

"시간 봐서…… 애들 맡길 데 있으면 가 볼게요."

오랜만에—현관까지 따라 나오며 그녀는 말을 잇는다.

"민후—감기 때문에 병원 가야 되니까, 좀 힘들 텐데……."

"누가 꼭 가야 한댔어?"

time, staring straight at me. Then, she turned her head slightly, and I could see tears in her eyes. I heard her mutter in a low voice, "Can't you live your life more seriously? Are you planning to waste your whole life like this?" *What is she saying?* Suddenly, I felt deafened.

For a few days afterwards she didn't say much. She didn't welcome me at night like before, and she didn't see me off at the door in the morning. I felt something was missing and then I realized that she had usually been pretty affectionate towards me. It was a realization I didn't usually have. But it didn't make my daily life uncomfortable or give me any trouble. My routine was unchanged at work and at home. As I neither ate meals nor had time to chat at home, I couldn't complain by going on a hunger strike or giving her the silent treatment.

I had to initiate a conversation with her, because the deputy head of my department ordered us to encourage our wives to actively participate in the cultural program for company employees' wives. The title of this lecture was "How to Encourage Your Husband." The lecturers were a female social activist, who had been running "a class for love-winning wives" and the CEO of a women's maga-

어이없게도 내 목소리는 퉁명스럽게 나왔다. 차라리 그녀가 비꼬거나 불평을 했다면 기분이 그렇게 형편없이 구겨지진 않았을 것이다.

그날 밤도 나는 자정이 다 되어서야 집에 왔다. 그런데 아무리 벨을 눌러도 그녀가 문을 열어 주지 않는다. 아들 녀석 감기 치다꺼리에 피곤해서 잠이 깊이 든 모양인가? 할 수 없이 열쇠로 문을 따고 들어갔더니 과연 그녀는 일기장을 펼쳐 놓은 채 그대로 엎드려 잠들어 있다. 워낙 고단했는지 오늘은 날짜만 써 놓고 빈칸이었다. 그런데 펼쳐진 일기장의 왼쪽 페이지가 갑자기 내 눈에 확 들어온다.

때때로 나는 똥을 보고 놀란다. 저 흉측한 것이 내 몸에서 나왔다고 인정할 수 없다. 그러나 똥은 엄연하다. 우리 관계는 부인할 수 없다. 그래서 한참을 보니 신기하게도 저것이 더러운 똥이라는 생각이 안 든다. 이제 막 궂고 수고로운 일을 마친 가족 같기도 하다. 나는 똥을 자세히 본다. 내 똥을 자세히 보는 나를 거울로 보니 참 정답다.

아들 녀석이 칭얼거린다. 아까 오 분 넘게 벨을 눌러도

zine with the slogan, "Husband, Love Thy Wife!" Of course I thought that a lecture on flower arranging or calligraphy would have been better than this kind of lecture, designed to dictate how people conduct their private lives. However, I didn't have the guts to challenge the kind of program the planning department, well known for its worldly-wise ideas, provided for the sake of public relations and the benefit of employees. There had been several lectures for employees' wives in the past, but I had never paid much attention to them. However, this time, I felt like telling her about the lecture, even if it was just a passing remark. Maybe I was hoping such a remark would be received as a suggestion: "Why don't you get some air?" I can't say that I didn't want her to behave as affectionately to me as before.

On the morning of the lecture, I only mentioned it to her on my way out the door, as if it were an afterthought.

"Oh, I heard that they are offering a lecture for wives in the company's lecture hall."

"..."

"Are you planning to go? I heard it's at 2 p.m."

"... What's it about?"

끄떡 않던 그녀의 잠은 아이의 뒤척이는 소리에 민감하게 깨어난다. 그녀는 황급히 아이 곁으로 다가가더니 이마 위의 물수건을 내려놓고 아이를 품에 끌어안는다. 그러고는 졸린 눈을 감은 채 아이의 뺨에 자기 뺨을 대고 앞뒤로 몸을 흔들며 등을 토닥거린다. 그러나 잠이 덜 깬 탓에 등을 토닥이다가 뒤통수를 토닥이다가, 손놀림이 일정하지 않다. 그녀의 앉은 엉덩이께에는 약봉지며 체온계며 대야, 수건 같은 것이 어지럽게 널려 있어 지금 아이를 안은 그녀의 동작이 몇 시간 동안이나 반복된 것임을 말해 준다.

아이를 안은 채 눈을 꼭 감고 있는 그녀의 얼굴은 피곤에 절어 있다. 뒤로 묶은 머리가 머리핀 사이로 잔뜩 빠져나와 어수선하다.

나는 손에 펴 들고 있던 그녀의 일기장을 가만히 덮어 준다.

살아가는 것은, 진지한 일이다. 비록 모양틀 안에서 똑같은 얼음으로 얼려진다 해도 그렇다, 살아가는 것은 엄숙한 일이다.

『타인에게 말 걸기』, 문학동네, 2004(1996)

"'How to Encourage Your Husband.'"

Slowly raising her head, she stared at me. Though her eyes were crystal clear, she looked absentminded. She was staring right through me, and I felt about to blush for no reason. Uneasy, I thought I shouldn't have mentioned it, when she suddenly spoke.

"I'll check my schedule... I'll go if I can find someone to baby-sit our kids."

Seeing me off for the first time in a long while, she continued,

"Well, since I have to take Min-hu to the doctor for a cold, I think it will probably be difficult..."

"Who said you have to go?"

Unexpectedly, my voice sounded gruff. I wouldn't have been so upset if she was sarcastic or if she complained.

That night, I got home around midnight as usual. However many times I rang the bell, though, she didn't open the door. Maybe she fell asleep, too tired after taking care of our sick child. Eventually I gave up and used my key. As I expected, she was sleeping with her diary wide open. Perhaps because she was so exhausted, there was only today's date, nothing more. But then the left page of her diary suddenly jumped out at me.

Sometimes, I am surprised at my own poop. I cannot accept the fact that such extremely ugly stuff came out of my body. However, poop is an undeniable reality. Our relationship cannot be denied. So, as I look at it for a long time, interestingly, I forget that it's dirty poop. It looks as if it's a family member who has just done a hard day's work. I look at the poop very carefully. I feel very tender towards myself in the mirror, while I am watching my poop very carefully.

My son began whining. My wife immediately woke up from the deep sleep from which I hadn't been able to rouse her by ringing the doorbell for over five minutes. After rushing to the kid, she took the wet towel from his forehead and held him in her arms. Her sleepy eyes still closed, she rocked him to and fro, cheek to cheek, lightly patting his back. Still half asleep, now she patted his back and now his head, her hands unsteady. Pill wrappers, a thermometer, a washbasin, and a towel were scattered around her butt, suggesting that her current actions—holding and comforting our child—had been repeated for many hours. As she was holding him, eyes tightly closed, her face showed signs of chronic exhaustion. Her hair, tied back with a pin, looked disheveled, some strands having lipped out.

I gently closed her diary.

Living is a serious business. Even if we are all molded into the same shape like ice cubes freezing in an ice tray.

Yes, living is a solemn business.

Translated by Jeon Seung-hee

해설

Afterword

엄연하고 정다운

백지은(문학평론가)

은희경의 초기 단편들은 주로 여성들의 경험에서 주요한 사연을 끌어냈다. 사랑이나 결혼에 실패한 싱글 여성, 지루한 일상적 삶을 견디는 가정주부, 마음의 쉼터를 갖지 못한 채 일터를 전전하는 직장 여성 등, 1990년대 여성작가들의 이야기에 자주 등장했던 그녀들이 은희경의 단편에서도 곧잘 주연을 맡았다. 그러나 은희경이 주목하는 여성들의 체험이 흔히 '여성적 스토리'라고 여겨지는 상투형—'여성적 삶'으로 틀 지워진 규범을 따름으로써 상처받고 그러한 슬픔을 숙명처럼 견디는 외로운 처지를 그리는—을 따른 것은 아니었다. 은희경이 그린 여성들의 고통과 불행은 남녀의 차이보다는 인간의 차이에서 비롯되

Solemn and Affectionate

Baik Ji-eun (literary critic)

Most of the early works of Eun Hee-Kyung are short stories about women's life experiences, for example, a single woman with a history of failed marriage or love; a housewife enduring the boredom of everyday life; a working woman who, unable to achieve peace of mind, keeps switching from one job to another; and so forth. In fact, these protagonists frequently appeared in works produced by women writers in the 1990s. However, the women's life experiences that Eun narrates are not in keeping with the so-called "feminine story" the depiction of lonely women who are hurt by the rules defining women's lives, and yet accept and

었음이 항상 더 중요했기 때문이다. 그의 여성 인물들은 남녀관계 혹은 부부관계를 공허하게 만드는 사건들로부터 불화를 겪고 파탄을 경험하지만, 그 원인으로 그가 착목한 것은 둘 사이를 가로 막는 억압이나 차별에 대한 의식이 아니라 둘 사이에 깊이 팬 어긋남과 차이에 대한 회의였다. 그러한 회의감을 전제하고서 인간관계의 핵심을 직시하려는 인물들의 개성이 '냉소'와 '위악'으로 불렸을 때, 두 단어는 황막한 삶에 대처하는 '결의'와 '성의'의 다른 이름이었다 해도 틀리지 않을 것이다.

「빈처」(1996)는, 이야기 속 한 구절 그대로 한 여성의 "이루어진 사랑의 남루한 일상"을 정면에서 꾸밈없이 보여 준 소설이다. 자기를 "과부나 독신"으로 여길 만큼 사랑의 빈곤을 느끼는 이 아내는 사실 불우한 여성이 아니라 평범한 '아줌마', 그저 "살뜰하고 다감하여 지겨운", 보통의 '마누라'일 뿐이다. 그녀의 삶은 고난스럽지는 않지만 행복스럽지 않고, 참혹한 것은 아니지만 초라하기만 하다. '아내'만 그런 것도 아니다. 그녀를 외로운 '여편네'로 만드는 그녀의 남편 또한 평범하기 짝이 없는 대한민국 남성, 결혼 전에는 "용감한 자만이 미인을 얻는다"는 낭만적 사랑의 정식을 좇아 그녀를 졸졸 따라다니며 사랑

endure this sadness as their fate. The pain and unhappiness Eun's heroines suffer stem from the disparity between two human beings, rather than between two genders. The couples in Eun's stories experience marital discord and breakdowns triggered by events that make the couple sense the emptiness in their relationship. However, what really disrupts their coupledom is skepticism about this emptiness, not consciousness of its cause, that is, the oppression of, or discrimination against, women. When the female main characters attempt to get to the heart of their human relationships, they may appear to harbor "cynicism" and "pretentious malice." Seen from the perspective of skepticism about gender inequality, however, such attitudes may be better understood as "the determination" and sincerity with which these women try to cope with their desolate lives.

"Poor Man's Wife" (1996) realistically depicts the "shabby life that follows a love match" as experienced by the woman protagonist. She suffers so much from of the absence of love in her marriage that she even feels like a widow or spinster. From an objective point of view, however, she is not an especially pitiful person, but a regular *azumma*

을 구했지만 결혼 후에는 "모양틀 안에서 똑같은 얼음으로 얼려진" 삶의 양태를 받아들여 가정에 건성이고 술자리에 열성인, 가장 보통의 '아저씨'일 뿐이다. 아내와 남편 모두, 생존이 걸린 고초에 시달리지는 않지만 생활이 쳐놓은 압박에 부대끼며 산다. 그런 만큼 이들의 삶에는 자랑할 만한 어여쁨도 만족감도 깃들어 있지 못하다. 한편에서 이 소설은, '아줌마', '마누라', '여편네' 그리고 '아저씨'라는 이 범박한 인칭대명사들의 멋없는 인생을 통해, 개인의 사회적 존재를 제약하는 한국 사회의 문제적 조건들을 돌아보게 하는 이야기이다.

그러나 또 한편에서 이 소설은, 멋없는 것처럼 보이는 저 '평범한(平凡漢)'들의 인생은 팍팍한 것이 아니라 단단한 것이라고 말하는 이야기이기도 하다. 똥이 아무리 흉측해도 "저 흉측한 것이 내 몸에서 나왔다"는 사실을 부인할 수 없듯, 우리들의 관계도 우리들의 인생도 "궂고 수고로운 일을 마친" 것일 뿐 더러운 것이라고 할 수는 없다는 것이다. 현재 이곳의 삶이 이물스럽고 냄새나는 것일지라도, 이것과는 완전히 다른 삶만을 꿈꾼다는 것은 위선이거나 허영이고, 어리석음이거나 나약함이다. "내 똥을 자세히 보는 나를 거울로 보니 참 정답다"고 말하는 이 소설

(common term for married women) or just an ordinary *ma'nura* (common term for wives, middle-aged or older) of a man, who understands his wife as "devoted and caring, therefore tiresome." Her married life is not that difficult and yet it is not happy either, not terribly miserable, and yet quite shabby. It's not only the wife who feels unhappy. Her husband, the very person who makes her a lonely *yopyon'ne* (derogatory label for married women), is also nothing but a plain *ajossi* (common term for men who are no longer young), who, before marriage, courts a woman long and hard, believing in the adage that "only the brave could win a beauty" but who, after marrying the woman, accepts the lifestyle prevalent among almost all married men—molded into the same shape like ice cubes freezing in an ice tray"—and becomes half-hearted about his family life and enthusiastic at drinking parties. Although the couple isn't struggling with life and death matters, wife and husband are both harried by ordinary pressures that leave no room in their lives for beauty or delight. In a sense, by depicting the unattractive lives of people described by the ordinary labels of "*azuma*," "*ma'nura*," "*yopyon'ne*," and "*ajossi*," this story

이 지지하는 삶의 형상은 뚜렷하다. 낭만적 사랑의 환상이나 행복한 공동체의 관념 등이 공소해진 세상에서 자칫 기만적이기 쉬운 기대 따위는 거두어들인 채 지속되는 "엄연"한 삶. 엄연한 것들을 존중하지 않으면서 좋은 소설이 되기는 어렵다. 엄연한 삶의 실존적 정황들과 거기에 대처하는 개인들의 자기 보존 방식을 보이는 것이 곧 소설이기 때문이다.

은희경의 단편들에서 '엄연한 삶'의 모습은 인간관계의 불안정한 유동성으로, 그에 대처하는 개인의 전략은 자기를 '보는 나'와 '보이는 나'로 분리하는 연출법으로 나타나곤 했다. 「빈처」는 부부라는 가장 친밀한 유대조차 유력하지 못하게 된 일상의 국면을 관찰하고 그에 대처하는 개인의 방법으로서 '글'이라는 허구적 공간에서의 자기 연출을 그려 낸다. 아내의 '일기'는 다른 삶에 대한 지연된 기대보다는 당면한 현재에 대면하여 그것을 견딜 만한 삶의 조건으로 끝내 긍정하고 마는 개인의 자기 운영 방식, 바꿔 말하면 자유로운 인간의 성실한 충동을 대변한다. 더럽고 서럽고 외로운 지상의 삶을 자세히 들여다보는 인간에게, 삶은 진지하고 삶은 엄숙하고 삶은 정다운 것이다.

makes us reflect on the problematic conditions in Korean society that constrain the social lives of individuals.

On the other hand, the story presents the seemingly unappealing lives of ordinary people not simply as difficult, but as concrete and tangible. No matter how disgusting one's feces, it is undeniable that this "extremely ugly stuff came out of my body." Similarly, our relationships or lives should not be viewed as disgusting but as difficult and painstaking. Although life in the here and now is unfamiliar, unfavorable, and foul-smelling, indulging in the dream of a completely different existence is hypocrisy, vanity, foolishness, and frailty. Eun's perspective on modern life is expressed in this statement from the story: "I feel very tender towards myself in the mirror, while I am watching my poop very carefully." In a world where the illusion of romantic love or a happy community no longer impresses the popular imagination, writing a good novel is difficult without challenging false expectations and respecting the concrete aspects of life. Novels should reveal the real circumstances of life and the strategies of self-preservation that individuals employ to cope with them.

Often in Eun's short stories the serious aspects of life are represented by the instability of relationships; the individual's way of coping is represented by the duality between the "I" who looks at herself and the "I" who is looked at. "Poor Man's Wife" portrays the protagonist expressing herself in the fictional space of writing as she tries to cope with circumstances in which the supposedly most intimate union of two individuals, marriage, loses its power. The wife's diary is her means of self-preservation, in which she confronts her circumstances and finally accepts them as bearable; in other words, this diary represents the sincere impulse toward self-preservation of a human being who is a free agent. To those who closely examine the disgusting, sad, and lonely existence of humanity on earth, life is sober and solemn, yet bearable and lovable.

비평의 목소리

Critical Acclaim

은희경은 겉으로 보아서는 여성이 쓴 것인지 남성이 쓴 것인지 구별이 가지 않는 '중성'의 소설 쓰기를 지향한다. 그렇기에 그녀는 자신의 여성성을 정면에서 내세우지 않으려고 한다. 자신이 관심 있는 것은 여성 자체가 아닌 인간이고, 남성 자체가 아닌 부조리한 세계의 하수인으로서의 남성일 뿐이라고 강변한다. 하지만 이런 태도가 여성성을 부정하려는 것이 아니라 의도적으로 의식하지 않으려는 것일 뿐임을, 그래서 이런 여성성에 대한 탄력적 반작용을 통해 오히려 여성성을 강하게 환기시키는 '역설적 여성성'임을 인정하기도 한다. 작가의 강조와는 달리, 독자들은 페미니즘 소설로 은희경의 소설을 읽으려는 강한

Eun Hee-kyung tries to write "genderless" fiction, which, at least on the surface, makes it hard to determine whether her stories are written by a woman or a man. She avoids making her femininity conspicuous. She emphasizes that she is not interested in women in particular, but in human beings in general; not in masculinity, but in men as pawns of the absurd world. Yet she admits that her stance does not try to deny femininity, but to avoid being conscious of it. She also approves the "paradoxical femininity" about which she tries to raise our consciousness by relying on the backlash to more radical feminism. The author's intention notwithstand-

오독의 욕망을 보인다. 은희경 소설 속의 여성성에 대한 긍정과 매력 때문이다.

김미현

은희경의 『새의 선물』(1995)은, 시간의 흐름을 따르는 구성이나 원시적으로 느껴질 정도의 싱싱하고 직설적인 문장 등이 평이하게 읽히지만 강한 흡입력으로 사로잡는 힘이 있다. 결코 크거나 대단하지 않은 사람들의 삶과 행태가 적나라하게, 지극히 인간적인 모습으로 생생하게 살아 움직인다. 당돌하고 영악한 화자의 시선은 우리가 믿고 좇는 규범과 상식과 미망의 '허'를 여지없이 찌른다. 그러나 당연히 누려야 할 것들을 일찍이 박탈당한 소녀가 본능적으로 터득한 자기방어의 수단인 위악과 냉소의 시선 뒤에는 따뜻한 애정과 슬픔이 있기에, 절망은 희망으로 쓸쓸함은 풍요로움으로 배반은 신뢰로 바꾸어 읽힐 수 있는 것이리라. 이 소설은 우리가 지나온 60년대의 서민사회의 생생한 풍속도, 세태소설로도 충실하다.

오정희

90년대 중반 은희경의 소설과 만난 후 우리는 90년대

ing, readers display a strong desire to misread Eun's fiction as feminist narratives, because of the affirmation of, and attraction to, femininity embedded in her works.

Kim Mi-hyun

Eun Hee-kyung's *A Present From a Bird* may seem monotonous in its chronological structure, or almost primitive in its lively and straightforward narration. Yet the story powerfully draws us in. The characters, neither larger-than-life nor extraordinary, vividly come alive in ways all too human, through the writer's plain depiction of their life and behavior. The narrator's fearless and perceptive eye catches us off guard by revealing the fallacies in the norms and common sense upon which we depend and by which we live. However, on the other side of this pretentious, malicious, and cynical eye—intuitively acquired as a means of self-defense by a girl denied her birthright early in life—there is tender affection and sorrow, enabling readers to translate despair into hope, desolation into richness, and betrayal into trust. This work of fiction is a faithful portrayal of grassroots life in the 1960s. In this sense, it can be called a novella of manners and society.

Oh Jung-hee

초반 한국 소설이 빠져 있었던 어떤 편향을 뒤늦게 깨달았다. 이를 일러 '교술 편향'과 '서정 편향'이라고 부르려 한다. 그녀의 소설은 충분히 지적이었지만 거기에는 소위 지식인 소설의 엄숙과 훈계가 없었다. 읽는 이보다 얼추 반걸음 정도 앞서가는 그녀의 지성은 상쾌했을 뿐 부담스럽지 않았다. 더불어 그녀의 소설은 충분히 문학적이었지만 거기에는 소위 내성(內省) 소설의 정념 과밀 현상이 해소되어 있었다. 한국 소설이 으레 운명처럼 끌고 다닌 눅눅한 감상이 탈수된 자리에 그녀가 복권한 것은 통쾌한 산문정신이었다.

신형철

Only after our first encounter with Eun Hee-kyung's fiction in the mid-1990s did we belatedly realize the two tendencies toward which Korean fiction gravitated in the early 1990s: the "impulse toward admonishing" and the "impulse toward lyricism," respectively. Eun's stories are sufficiently intellectual, but lack the solemnity and didacticism of so-called novels of the intellect. Her intellect, which is always about a half step ahead of her readers, is refreshing, not burdensome. Furthermore, her fiction is sufficiently literary, but free of the excessive emotional charge found in so-called novels of introspection. In place of the sentimentality with which Korean fiction has always been obsessed, Eun Hee-kyung restores the spirit of the prosaic, to the great delight of Korean readers.

Shin Hyeong-cheol

은희경

작가 은희경은 1959년 전라북도 고창에서 태어났다. 그녀는 유년기에 부모님이 사 준 동화책을 읽으면서 수많은 이야기들이 전해주는 세계에 흠뻑 빠져 살았다. 작가 스스로도 "내 중요한 독서는 어린 시절에 거의 끝났다"라고 말할 정도다. 그녀는 학교에서도 정신없이 책에 빠져 있기 일쑤였다. 학교가 무척 시끄럽다가도 어느 순간 조용해지는 때가 있었는데, 그녀는 문득 학교가 파했음을 깨닫고 서둘러 집으로 가곤 했다. 그녀는 그때 읽은 동화책을 통해 자신의 정신적 자양과 또 그것을 표현하는 은유적인 틀이 확보되었다고 술회한다.

"내게 문학을 가르친 것은 철학책이나 시와 소설이 아니라, 동화이다."

초등학교 시절 같은 반 친구들은 그녀의 일기장을 몰래 훔쳐봤다. 이 사실을 눈치챈 그녀는 그때부터 친구들이 볼 것을 염두에 두고 일부러 이야기를 꾸며 써 놓기도 하고, 평소 하고 싶었던 말을 은근히 적어 놓기도 했다. 존

Eun Hee-kyung

Born in Gochang, Jeollabuk-do, in 1959, Eun Hee-kyung spent her childhood, immersed in the world of the fairy tales and the children's stories that her parents bought for her. Eun once said, "My most important reading was pretty much done during my childhood." Even at school, she was often completely engrossed in books. According to her, sometimes at school she would feel a sudden silence around her, and then realizing that school was over, she hurried home. She has said that the fairy tales and children's stories she read during those years nurtured her spiritually and provided her with metaphorical tools.

"It was neither philosophy books nor poetry and the novel but folktales and children's stories that taught me about literature."

According to Eun, during her elementary school days, she found out that her classmates had secretly

재의 거짓말과 최초로 만난 순간인 것이다.

은희경의 유년시절 그녀의 아버지는 여러 목수들을 거느린 사장이었다. 그런데 그 목수들이 아버지가 없을 때는 노골적으로 불만을 토로하다가도, 막상 아버지가 나타나면 머리를 조아리며 호감 섞인 말을 하는 모습을 보게 된다. 또한 그들 노동자들이 식당 요리사와 도망치는 것을 통해 배신과 싸움, 모략을 목격하게 된다. 하지만 외려 이런 삶의 모습들은 그녀에게 부족한 존재들끼리의 부대낌에서 오는 따뜻한 온기로 기억된다.

중학교에 입학할 무렵 그녀는 아버지의 사업이 부도가 나서 풍요로웠던 지방에서의 삶을 마무리하고 서울로 상경하게 된다. 그녀는 더 이상 주목 받는 수재가 아닌 평범한 학생이 된다.

그녀가 숙명여자대학교에 입학한 1977년 봄 한국 사회는 정치적으로 첨예하던 격동의 시기였다. 그녀는 친구들과 함께 르네 웰렉이나 루카치를 읽으며 대학 시절을 보낸다.

그녀는 어릴 때부터 작가가 되어야겠다는 포부를 잃지 않았다. 일기장 곳곳에는 '사랑한다, 문학아' 라고 적혀 있었다. 사회로 나오고부터는 고등학교 교사, 출판사 편집

read her diary. Realizing this, she countered it with occasionally writing made-up stories or things specifically targeted towards her readers. This was her first encounter with the lies inherent in our existence.

During Eun's childhood, her father was the boss of many carpenters. She observed that these carpenters would openly complain about her father when he was not around, but they would flatter him when he showed up. She also had a chance to witness betrayals, fights, and intrigues through an incident in which the carpenters ran away with their cook. She remembers these aspects of life, though, as an example of human warmth that comes out of close interactions between people with shortcomings.

Around the time that she entered middle school, she had to leave her affluent country life behind and moved to Seoul after her father's business went bankrupt. In Seoul, she was no longer the brightest student admired by everyone, but simply an average student.

She entered Sookmyung Women's University in the spring of 1977, a time of tumultuous political conflicts in the country. She spent her college years reading books by Rene Wellek and Georg Lukacs

부 직원, 잡지사 등을 전전하며 바쁜 일상이 주는 '혼란과 곤혹스러움' 을 느끼다가, 마침내 1994년 휴가를 낸 후 노트북 컴퓨터와 열 권가량의 책, 지난 십 년간 쓴 일기장, 낡은 메모집 등만 챙겨서 절로 들어간다. 그 기간 동안 다섯 편의 단편소설과 한 편의 중편소설을 탈고하고, 이때 쓴 중편소설 「이중주」로 1995년 신춘문예에 당선한다.

그녀는 소설이 작가의 인생이라 생각한다. 이렇게 생각했기 때문에 이런 소설이 나온 것이다, 하고 생각한다. 그것은 더 크게 봐서 사회의 산물이라 할 수 있다. 그 사회에 살았던 사람들이 그 사회를 어떻게 받아들였는가를 소설을 통해 확인할 수 있기 때문이다. 또한, 소설은 대답이 아닌 질문이라는 것이 그녀의 생각이다. 그녀는 지금도 스스로에게 무엇을 쓰는가, 보다는 왜 쓰려고 하는가, 를 묻고 있다.

with her friends.

Since her childhood, she had always wanted to become a writer, often writing, "I love you, literature," in her diary. After graduating from college, she led a busy life as a high school teacher, editor at a publishing company, and a reporter for a magazine. She was buried in the "confusion and perplexity," characteristic of busy everyday life. In 1994, she took a leave of absence from her work and went to a temple with a laptop computer, around ten books, her diaries from the past decade, and old notebooks. During this stay at the temple, she finished five short stories and one novella, entitled *A Duet*, which won a Spring Literary Contest in 1995.

To her, a novel is the record of a writer's life and the product of a writer's thought. In another sense, it is also the product of a society, as we can learn from the novel how people accepted their own society. She also thinks that a novel is not an answer, but a question. She is still asking herself *why* rather than *what* she's writing.

번역 **전승희** Translated by Jeon Seung-hee

서울대학교와 하버드대학교에서 영문학과 비교문학으로 박사 학위를 받았으며, 현재 하버드대학교 한국학 연구소의 연구원으로 재직하며 아시아 문예 계간지 《ASIA》 편집위원으로 활동 중이다. 현대 한국문학 및 세계문학을 다룬 논문을 다수 발표했으며, 바흐친의 『장편소설과 민중언어』, 제인 오스틴의『오만과 편견』 등을 공역했다. 1988년 한국여성연구소의 창립과 《여성과 사회》의 창간에 참여했고, 2002년부터 보스턴 지역 피학대 여성을 위한 단체인 '트랜지션하우스' 운영에 참여해 왔다. 2006년 하버드대학교 한국학 연구소에서 '한국 현대사와 기억'을 주제로 한 워크숍을 주관했다.

Jeon Seung-hee is a member of the Editorial Board of *ASIA*, is a Fellow at the Korea Institute, Harvard University. She received a Ph.D. in English Literature from Seoul National University and a Ph.D. in Comparative Literature from Harvard University. She has presented and published numerous papers on modern Korean and world literature. She is also a co-translator of Mikhail Bakhtin's *Novel and the People's Culture* and Jane Austen's *Pride and Prejudice*. She is a founding member of the Korean Women's Studies Institute and of the biannual Women's Studies' journal *Women and Society* (1988), and she has been working at 'Transition House,' the first and oldest shelter for battered women in New England. She organized a workshop entitled "The Politics of Memory in Modern Korea" at the Korea Institute, Harvard University, in 2006. She also served as an advising committee member for the Asia-Africa Literature Festival in 2007 and for the POSCO Asian Literature Forum in 2008.

감수 K. E. 더핀 Edited by K. E. Duffin

시인, 화가, 판화가. 하버드 인문대학원 글쓰기 지도 강사를 역임하고, 현재 프리랜서 에디터, 글쓰기 컨설턴트로 활동하고 있다.

K. E. Duffin is a poet, painter and printmaker. She is currently working as a freelance editor and writing consultant as well. She was a writing tutor for the Graduate School of Arts and Sciences, Harvard University.

바이링궐 에디션 한국 대표 소설 015
빈처

2012년 7월 25일 초판 1쇄 발행
2017년 7월 17일 초판 3쇄 발행

지은이 은희경 | **옮긴이** 전승희 | **펴낸이** 김재범
감수 K. E. 더핀 | **기획** 전성태, 정은경, 이경재
편집장 김형욱 | **편집** 신아름 | **관리** 강초민, 홍희표
펴낸곳 (주)아시아 | **출판등록** 2006년 1월 31일 제319-2006-4호
주소 경기도 파주시 회동길 445(서울 사무소: 서울특별시 동작구 서달로 161-1 3층)
전화 02.821.5055 | **팩스** 02.821.5057 | **홈페이지** www.bookasia.org
ISBN 978-89-94006-20-8 (set) | 978-89-94006-33-8 (04810)
값은 뒤표지에 있습니다.

Bi-lingual Edition Modern Korean Literature 015
Poor Man's Wife

Written by Eun Hee-kyung **Translated by** Jeon Seung-hee
Published by Asia Publishers | 445, Hoedong-gil, Paju-si, Gyeonggi-do, Korea
(Seoul Office: 161-1, Seodal-ro, Dongjak-gu, Seoul, Korea)
Homepage Address www.bookasia.org | **Tel**. (822).821.5055 | **Fax**. (822).821.5057
First published in Korea by Asia Publishers 2012
ISBN 978-89-94006-20-8 (set) | 978-89-94006-33-8 (04810)